Joséphine Maacci

A ta poursuite

Joséphine Maacci

A ta poursuite

Éditions Muse

Imprint

Cover image: www.ingimage.com

Publisher:
Éditions Muse
is a trademark of
International Book Market Service Ltd., member of OmniScriptum Publishing Group
17 Meldrum Street, Beau Bassin 71504, Mauritius

Printed at: see last page
ISBN: 978-620-2-29111-8

A ta poursuite

A tous les rêveurs et les aventuriers de la vie

« Sculpte, lime, cisèle

Que ton rêve

Flottant se scelle

Dans le bloc résistant. »

Théophile Gautier

Avant propos

Une jeune fille, peu importe son nom, peu importe qui elle est et d'où elle vient. Elle m'a un peu racontée sa vie. Par bribes, par soubresauts… Ses claques, ses erreurs obstruées par les regrets, ses joies inespérées, ses petits bonheurs éphémères, ses douleurs tenaces, ses espoirs un peu fous, ses espoirs irrépressibles. Elle a la vingtaine, se sent décliner dans notre monde, pousser des ailes depuis sa rive, veut se dépêcher avant de pourrir, avant de terminer balayée par la brise du vent.

Elle erre à la recherche de ce qu'elle devient. Est-elle une déséquilibrée dangereuse pour notre société ? Une idéaliste éberluée ? Une égarée dans son désert ? Une paumée dans nos abysses ? Une rêveuse en quête ? Sa vie se présente comme un fil décousu, une promenade vagabonde devenue une exploration douloureuse. A tâtons… C'est l'histoire d'une jeune fille habitée par un immense désir de vivre mais cette jeunette, elle ne sait plus exister. Comment continuer à vivre comme eux, comme nous quand l'appel de l'ailleurs est si fort ?

Vous suivrez de près ou de loin, à vous de choisir, son errance devenue quête. Toutes ses émotions qu'elle a trop longtemps terré. Elle est pressée d'exister mais se voit obligée de prendre le temps.

Pourquoi faire ça plus qu'autre chose ? Le qu'en dira-t-on ? L'argent ? Le pouvoir ? Pourquoi toujours trimer, souffrir ? Pourquoi continuer ? Aller toujours plus haut ? Pourquoi se bouger, se remuer, se démener ? Pourquoi se convaincre, se défendre ? Pourquoi s'estimer, s'écraser ? Pourquoi espérer, croire ? Il existe... Tu es différente… Pourquoi vouloir, exiger, commander ? On passe notre vie à apprendre, à se cultiver, à se connaître, se raisonner, s'accepter... Se voir s'affaiblir, dépérir mourir... quête nécessaire et insensée, salvatrice et veine... belle foutaise libératrice ! Pourquoi autant de doutes incessants, de traversées du désert périlleuses pour une fin aussi misérable ? Pourquoi toujours suivre le perpétuel mouvement ? Pourquoi rentrer dans le rang de la foule ordonnée et confuse... dressée et boiteuse dans sa fourmilière... horrible cocon et sublime enfer.

Tu ne sais pas grand chose. Vraiment peu de choses. Tu n'as rien fait, rien accompli, presque rien vécu, mais tu vas essayer... Tes pensées sont parfois confuses et indistinctes. Ton coeur continue de battre toujours avec la même intensité et attend que tu l'écoutes. Tu aimerais être libre de toi-même, libérée de ta prison, de ton bunker qui t'isole des autres, de toi.

Pétrifiée d'angoisse. Tu n'es que toi. Une minuscule fourmi, une poussière qui encombre, une petite chose avec ce désir immense... Tu as l'impression de te réveiller d'un lourd et profond sommeil. Tu sors de ton comma avec douleurs, ça se fissure, se craque, se déchire de toute part. Dans chaque pliure de ce que tu es. Seule, définitivement seule. Pas plongée dans une solitude noire, pas enfermée comme un solitaire renfrogné. Mais juste seule. Paisiblement, horriblement seule. Toi avec tes fantasmes délirants, toi avec tes angoisses obsessionnelles, toi avec tes rêves cachés, toi avec ta peur d'échouer... dériver, déraper.

Et pourtant tu es là. On t'a mise là... Que dois-tu faire ? Si on t'avait prévenu, si on t'avait laissé le choix est-ce que tu aurais accepté ? Maintenant tu te trimbales ton barda. Il grossit, s'alourdit, se durcit. Tu dois continuer. Essayer… Tu es là, tu ne peux pas abdiquer et puis même ça c'est trop dur. Oh putain de peur ! Elle te fait reculer, fuir, déguerpir. Elle te compresse, te comprime, te rétrécit. Elle te suit sans cesse, s'invite partout, te colle. Reste là tapie dans les tréfonds pour mieux bondir et te saisir comme une horrible étreinte. Elle te gangrène. Mais tu ne vas pas la laisser te bouffer parce que tu sais, tu sens toi aussi. Tu as envie de voir plus loin. De défoncer les portes.

Petite chose animée de grandes passions... Tu ne veux pas faire, pas vivre comme tout le monde. Tu veux façonner ta vie telle une oeuvre d'art. Vivre passionnément. Torturée, contestataire, vibrante. Tu te sens étrangère à notre monde ! Tu as l'âme d'une clandestine en détresse, rêves d'un autre temps où l'audace et la fougue avaient un sens... Tu as envie de t'inventer. Pas de poitrine gonflée, pas de regard hautain, pas de discours pompeux. Tu veux te frayer ton propre chemin. Même si pour l'instant caillouteux, tortueux, cabossé, troué, encombré de ruines, tu entrevois une nouvelle fondation possible. Exploration d'un monde qui t'appelle où la découverte est réelle. Etre un explorateur attentif et égaré... Un rêveur aux aguets.

Alors tu fais quoi ? Tu attends que ça passe ? Ou tu essayes de vivre la seule vie qu'on t'ait offerte et imposée ? Alors bon jouons la partie avec élégance et panache, avec fougue et vertige. Existons maintenant !

A la question: « Ça va ? » tu réponds. Les jours filent et défilent... Tantôt tu suis le mouvement, tu te laisses emporter et souvent broyer par la vague. Tantôt animée par un appétit d'ogre, habitée par le désir de croire en la vie. Tu montes au créneau et entreprends de grandes entreprises. Submergée par la mélancolie du rêveur... Emprisonnée dans la lourdeur de la tristesses somnambulique… Enivrée dans l'attente chimérique de l'irrémédiable achevé, de l'inaccessible si proche et si diffus dans le lointain de l'horizon, tu attends avec ta frustration contenue, ton impatience palpable, l'heure. La délivrance... Tu cherches éperdument un sens. Plus tu te connais et plus tu t'apprivoises en même temps que tu t'égares.

« Ça va ? » question débile mais passe partout. Tout est semi-nuageux, semi-limpide, emmêlé, embrouillé. Tout est agité dans une eau calme, tout repose paisiblement au milieu de l'inondation. Un jour tu espères à nouveau, tu vibres à nouveau. Le lendemain tout dégringole, tout s'effondre, tout fout le camp. Quand vient le soir peur de penser, cogiter. Idées que tu ressasses… Tu les tortilles, les décortiques. Les traces de la journée fourmillent dans ton corps. Tu as couru à droite, à gauche, courses par ci, par là. A chaque petite journée sa grande vadrouille ! Tu as vu un tel, une telle, parlé de ci, de ça, blablaté, critiqué, jugé. Bref tu n'as pas arrêté ! Maintenant le soir tombe, la nuit te plonge dans une accalmie. Sur ta chaise, dans ton lit, dans ton bain, tu refais le film de la journée. Pourquoi une telle course frénétique ? Les gouttes de pluie ruissellent, dégringolent lentement sur les façades. Tu entends ce doux gazouillement, au chaud blottie dans ton secret… Secret voilé de ce que tu es. Tu repenses à l'ivresse de la journée. Là tu te sens glisser dans une méditation mélancolique. Les petites déceptions, les aléas parasites, les étranges contrariétés te brouillent à nouveau la vision, te reviennent en bouche avec l'arrière gout de la petite moisissure. Pourquoi tant de mouvements ? Pourquoi tant d'apparat devant vous ? Quand vient le soir le jeu de dupe se fissure, se craque, se brise. La journée prend parfois une couleur si fade.

Parfois tu marches au ralenti. Tu n'avances pas, tu te traînes de lieu en lieu. Parfois tu n'arrives plus à bouger. Figée sur place. Au moins là, tu te prends pas une claque... Tu tangues sur ton bateau, regardes la vue admirablement effrayante et excitante depuis ta montagne. Tu as besoin du monde pour t'évader au dehors. Parfois trouée, percée, fissurée. Tu as une fuite que tu n'arrives pas à trouver mais c'est là. Petite, grande... ça coule à fines goutes, ça se déverse, se déglingue, se dézingue lentement. Avec une odeur âpre qui frotte, heurte ta paroi. Ah satané boulon qui a sauté !

Et si on refaisait le monde

On vit toujours par rapport à ce qu'il y a eu mais aussi à ce qui pourrait, à ce qui aurait pu, et les doutes, les regrets, les peut-être, les si s'installent, perdurent durant un certain moment. Le temps de digérer, d'accepter et de vivre avec. On croit que ce n'est rien. Du vent. Sans importance. Ça va passer, tu ne sentiras rien... Tu t'occupes, tu t'agites, remplis ta vie à ras bord comme une valise prête à se rompre, à exploser tellement son ventre est devenu gros et la fermeture de sa robe est maintenant si fragile sous son poids. Vient alors le jour où ça remonte, tel le rouleau d'une mer déchainée. Tu as envie de vomir. Tu ne reconnais pas toutes les saveurs mais tu sais que ça pue. C'est flou, confus puis ça se précise, tu commences à discerner certains traits, ça t'est familier même si tu t'y sens étranger. Ça se rapproche, tu veux fuir, tu tentes une dernière fois, tu essayes l'ultime tentative pour…. rejeter, enfouir. Mais là c'est plus fort. Pendant des années ça a grossi, ça a pris des forces, ça s'est nourri de tes frustrations nauséabondes, de tes sournoises angoisses. Ça rejaillit comme un raz-de-marée que les digues n'ont pas pu repousser cette fois-ci. Il ne te reste qu'une chose. Laisse venir la tempête. Accepte mais ne sois pas passive…

Assume !

Mais comment faire ? Tu te sens « bof ». Un peu vide, un peu creuse. Tu as du mal à te lever, à avancer. Chaque geste te parait bizarrement compliqué. Rouillée par les traces du temps ? Ternie par le paysage morose qui t'environne ? Amoindrie, affaiblie, appauvrie, tu stagnes dans une pause fixe. Corps figé dans sa torpeur. Tu restes immobile pour ne pas penser. Tu es embuée dans le trouble de ce que tu ne ressens qu'indistinctement. Un peu empêtrée dans ces noeuds cachés. Une stagnation léthargique, un marasme atone, un effroyable engourdissement qui te poursuivent comme une langueur vivace, comme une lassitude qui traîne lentement son tapis. Tout n'est pas idyllique et tout n'est pas catastrophique. Les choses passent et tu es là. Tu reçois, tu encaisses, tu avales la chose et ça continue après…

Là tout part doucement à vau-l'eau. Ça se décolle, s'effrite, se disloque en lambeaux, s'évapore comme un nuage de cendres. Tout semble un peu fade. Truc un peu réchauffé qui attend dans la casserole couleur d'un mélange tiédi et incolore. Tu n'as pas de raisons de te plaindre. Ça pourrait être bien pire ! Et pourtant tu te sens mitigée. Un peu bloquée, un peu rouillée… Et tu penses à ceux pour qui la vie est une lutte perpétuelle. Combat contre l'oppression, contre l'injustice, contre la pauvreté, contre la misère humaine. Ceux qui ne cherchent qu'à se nourrir et à s'abriter, ceux qui ne croient plus en la vie mais qui continuent à survivre. Alors tu as honte. Tu te trouves horriblement stupide ridicule et… capricieuse. Toi dans ta chambre et ton petit confort matériel, tu es comme on dit « une privilégiée ». Tu vis bien, tu étudies, te cultives, te nourris. Tu es gavée à ras bord. Culture à foison, connaissances pléthoriques. Tu as honte de te sentir mal ! Alors quoi ? Tu te sabordes ? Tu coules ? Sombres ? Brasses de l'air pour rien ? Tu t'illusionnes ? As tu le droit d'être maussade ? Tu ne te lamentes pas, ne rechignes pas, ne pousses des cris en te roulant par terre. Ta boussole est déréglée. Réduite à une moitié de toi-même... Toc toc il y a quelqu'un ? Tu es là. Dans l'absence de ta présence, dans l'incertitude de ce qui t'arrive. Te traverse et te laisse un peu quoique, extérieure à toi-même. Tu as envie de sombrer dans un délicieux repos.

Cette fatigue lancinante va passer, cette lourdeur abrutissante va passer, cette tristesse écrasante va passer, ce ras-le-bol étouffant, oppressant, angoissant va passer. Il faut que tu te persuades. Simple passage. Route qui pédale dans le vide… Tu ne touches pas encore le fond tu es juste aplatie, crevée. Tu patauges, claudiques, vacilles. Tu te tends, te raidit, te contractes. Te paralyses, te figes. Ce n'est pas noir désespérant autour de toi, c'est juste gris orageux. Le brouillard aveuglant en toi... Passage douloureux. Tu n'as pas de couvercle ça te bouffe, te ronge, te pourrit. Ça va passer. Tu te perds, te bousilles. Tu te consumes à petit feu seule dans une grande pièce vide. Ame errante qui s'épuise à chercher sa quête éperdue... Tu es abîmée, usée, creusée. Ça va passer. Pour l'instant tu déclines, fleur qui fane. Tu sombres, grosse enclume sans port d'attache. Tu te tasses, valise qui gonfle. T'effondres, petite tour qui s'écroule. Une angoisse te comprime, t'emprisonne dans un sommeil insomniaque. Sortir de cet enfer, sortir de cette douleur qui te séquestre. Tu es bouffée par ce que tu n'as pas fait, ce que tu fais mal, ce qui ne s'est pas fait, ce qui aurait pu se faire. Tes rares et petites certitudes se sont évanouies face aux ravages du doute oppressant. Tu vacilles sous le poids de te sentir nouée, enroulée, embrigadée dans les chaines de l'échec. Tu n'as plus de mouvement, plus d'élan, plus de direction. Tu coures après ce que tu as perdu, raté, échoué. Tu traines derrière, tu essayes de rattraper mais le temps te laisse sur place... Tu te fanes, te désagrèges, te déchires, te laisses te consumer. Tu es noyée, broyée par ce poids assourdissant qui s'est logé dans ta poitrine. Cette trouille de ne pas réussir.

Trop de questions, trop de doutes, se bousculent, se mélangent, s'entrechoquent. Saisie par cette angoisse sourde. Frayer son chemin, creuser sa place, trouver un possible ! Tu n'as pas d'issue face au mur, tu redescends de ta sphère, tu quittes ta rive, te fracasses contre le torrent silencieux. Le roseau ploie, s'affaisse, s'abaisse devant ses désirs de conquête, devant sa fragilité, devant ses maîtres. Distance irréalisable, infranchissable, inégalable ? Tu es écrasée par cette chose informe « Faire quelque chose de ta vie ». Vivre n'a pas l'air d'être suffisant. Page blanche devant toi. A toi d'écrire, à toi de décider la direction, le chemin, le sens de la marche. Tu aimerais mettre ta vie sur pause. Etre sûre, ne pas te tromper. Tu dois avancer... Le temps te bouscule, t'embarque dans la galère. A toi de changer de cap, à toi de choisir, de refuser, de trancher. Peur du lendemain. Angoisse de l'avenir. Peur de toi-même. Angoisse de ton courage fébrile. Tu veux vivre mais tu ne sais pas comment t'y prendre. Comment vivre entre l'éternité de l'instant furtif, insaisissable et... La pesanteur de l'avenir ambitieux, anxiogène ?

Besoin d'évasion, besoin d'espoir pour continuer. Besoin d'être autre. Désir d'exister différemment. Pourquoi tu éprouves un tel désir ? Vivre maintenant passionnément. Réaliser tes désirs... Envoyer tout balader, rébellion libératrice. Envie de commettre un coup de folie. Première fois d'un dérèglement total. La machine bien huilée se rebelle.

Tu n'es pas comme eux. Non pas comme ceux qui se brident, qui s'interdisent pour ne pas... Pour ne surtout pas. Pas comme ceux qui ont oublié de vivre, de ressentir, de jouir du parfum d'un thé ou d'une fleur mais aussi d'avoir mal sur l'instant. De se laisser envahir, submerger par cette grande rafale qui vous claque dans tous les sens. Pas comme ceux qui ne savent plus souffrir car anesthésiés, paralysés par leur douleur abyssale. C'est pas banal d'être soi, sans rien. Nu devant soi, sans masque et petits faux semblants pour se rassurer. Trop longtemps tu t'es égarée dans ton désert de mensonges, trop longtemps trompée sur toi-même, menti à toi-même, trop longtemps effacée, barricadée. Peur d'être soi. Jeux de façades devant les autres puis on se persuade. « Il le faut ! Marche droit ! » Trop longtemps convenable, irréprochable, docile, sage pour atteindre leurs ambitions. Illusion d'une aveugle sur elle-même. Trop longtemps ankylosée dans sa course à la perfection. Aujourd'hui tu exploses, tu imploses. Le couvercle saute car trop longtemps celé, trop longtemps tes désirs sans cesse contenus, chassés, réprimés, enfouis, bannis.

Ça bout à l'intérieur. Ça fait mal, c'est désagréable. Mais c'est là... Ces émotions, les tiennes qui maintenant te pourrissent. Tu as du mal à les gérer. Elles ne se contentent pas d'habiter une partie de ta tête. Oh que non! Ça serait trop simple si tu pouvais les calmer et leur dire comme à des chiens de se tenir tranquille dans un coin pour ne pas déranger. Oui elles sont partout dans chaque particule et recoin de ta peau. Parfois elles t'oppressent. Mais c'est bon, oh oui tu crois bien que c'est jouissif. C'est un pur délice de sentir que tu n'es pas... Que tu n'es plus un ordinateur en veille. Vide, déconnectée, lisse où tout allait et venait sur le même ton. C'est dur mais tu sais que ça va passer, guérir comme un mauvais bleu au fil des jours. Tu sens déjà que la douleur à vif, la brûlure s'est atténuée. Elle est plus loin, plus dissolue et plus floue comme les traits esquissés de l'aquarelle. Ça va passer et il y en aura d'autres plus aiguës, plus perfides. Mais merci tu es vivante !

A contre courant…

Là tu ne veux plus penser. Tu veux juste avancer un pas après l'autre, progresser vers l'appel. Apprendre à exister, bâtir, façonner ton désir. Oublier l'inévitable, effacer l'évidence, digérer la blessure. Quitter ton regard, poids de l'absence profonde. Fuir le trou noir, tu te perds. Changer de vie. Envie d'un nouveau possible… Besoin d'un nouveau souffle, nouvelle impulsion.

On passe sa vie à essayer, à tendre, à trébucher. Chaque minute qui défile t'est perdue à jamais. Instant éphémère, instant unique. Chaque jour qui se termine te rapproche de la fin. Comment vivre ? Quoi que tu fasses irrécupérable, irremplaçable. Tu n'a pas agi de telle ou telle façon mais de cette façon là. Maintenant, précisément, irréductiblement. Logé, gravé dans le passé. Tu ne peux plus le reproduire, le revivre. Perdu dans sa fugacité éternelle. Juste le rappeler, le remémorer, le ressaisir dans l'opacité de son voile transparent. Ressentir sa quintessence, vibrer avec ses nouvelles résonances.

On passe sa vie à conserver, recycler, sauvegarder. L'éternité est fugace, l'éphémère atemporel… Revenir en arrière ? Oublier, effacer ? Vas-y essaye ! Tu verras à quel point ça te hantera encore plus. Deuxième chance? Compteur à zéro ? Recommencer ? Tu ne peux que continuer. Tu ne prends pas une autre route, tu poursuis la tienne. Tu veux l'abolir ? Table rase ? Tu crois vivre ? Tu ne fais que marcher. Pas s'arrêter, pas stopper. Marche marche mais vers quoi ? Pourvu que tu marches ! La belle marche dans le vide… Freine freine, ne marche pas. Avance !

Tu es à côté, en marge du cadre, en dehors de ce qu'il faudrait. Etrangère… Une visiteuse enjouée. Une cigale passionnée chez les fourmis laborieuses. Une rêveuse en quête. Une exploratrice d'un ailleurs possible. Epanouie dans ton imaginaire, étriquée, presque étouffée dans leur vie, leur carcan, leur chose toute faite. Les impératifs du quotidien ne t'accrochent plus, l'angoisse du devoir ne te censure plus. Déclin, chute de l'obligation. Ascension du désir, délectation. Envie de se brûler les ailes ? Défier, braver, outrepasser l'interdit ? Tu es une égarée dans leur univers palpable, concret, impérieux. Une clandestine dans leur réalité. Réalité implacable, mécanique, immuable. Sortir de cette cavité envahissante. Suivre l'appel du lointain, tu cherches un ailleurs. L'horizon sans fin… Ton temps n'est pas rentable, productif, compétitif. La performance t'est insatisfaisante, inessentielle. Tu veux défier nos immortels. Petit cadran qui tourne machinalement, petite sphère de notre vie. Vivre en décalage. Chemin indéterminé mais désir animé.

Chaque jour passé est une carte qui vient s'ajouter à la pile. Mécanique irréversible… « *Tu as toute la vie devant toi !* » Petite marmite cabossée. Mille feuilles d'années empilées, amassées, ratatinées. Poignée de quelques heures poussiéreuses et jaunies. Miettes d'une éternité à conquérir - réservée aux rêveurs téméraires les plus réfractaires, aux explorateurs insatisfaits. Les timbrés les plus inexpérimentés. Tu veux aller contre le rouleau qui t'emporte. Aller contre la sonate qui défile. Pas la figer pas l'arrêter. Juste vivre à contre courant… Tu veux vivre pour le présent. L'instant. Tu veux aimer la vie et ses bonheurs simples et ses extravagances fabuleuses. Abstraction du réel. Oubli de la réalité. Pas de coup fatal, pas de rappel à l'ordre. Vivre une éternité chaque jour… Tu veux te laisser porter par le vertige. Sombrer, te délecter. Tu voudrais rattraper le passé, le retenir dans tes bras, le rassurer comme un enfant qui a peur des monstres sous son lit, l'enfermer dans le médaillon comme la mèche de l'être aimé parti à la guerre. Tu voudrais escalader l'avenir, le sillonner avec ta longue vue.

Tu sais que la vague va bientôt déferler et t'engloutir. Mais là, tu attends. Dans la rue, sur ton banc, n'importe où. Tranquillement, paisiblement. A l'abri, sans danger. Calme, apaisée, sereine. Dans quelques minutes le tumulte va t'envahir. Le devoir te rappellera et t'obligera de répondre. La nécessité de dire, de faire t'imposera ce que tu as repoussé, abolira, détruira, démolira ce que tu as façonné. Là tu attends. Bientôt ça va gronder et te renverser. Tu sais que ce qui t'attend va t'écraser, t'écrabouiller, te décomposer. Mais toi, dans une sorte de jouissance tu cherches l'éternité de l'instant fugace. Toi tu veux contempler le temps qui file et défile. Passe t'échappe… Toi tu veux respirer, vivre, habiter le temps. Apprivoiser celui qui te traverse en te laissant de salles traces. Aimer celui qui sonne comme un tic-tac implacable. Transformer celui que les hommes ont réglé comme du papier à musique. Là tu attends. Tu cherches à saisir, retenir l'insaisissable. Frôler l'insouciance du temps. Toucher son battement, gouter son noyau, extraire son jus. Lui et toi dans les méandres d'une plénitude discrète.

Tu es là dans cette posture un peu figée à te demander ce que tu vas bien pouvoir faire. Tu ne sais pas. Enfin si un peu… Assise à côté de la fenêtre ton regard partira loin. Il ne se posera pas sur quelque chose de précis. Un peu perdu à la recherche des souvenirs, des bribes désormais floues de ton passé qui s'envole et t'échappe, tu essaieras de comprendre. L'envie de fuir ? La douce mélancolie ? L'irrépressible insouciance ? L'indifférence ? Tu regarderas le toit du bâtiment avec ses tuiles noires, la grosse horloge où les aiguilles avancent avec difficulté, et là haut les petits oiseaux qui ne feront que passer et te nargueront avec leurs pirouettes. Tu auras envie de les rejoindre mais ils te laisseront là à côté de la fenêtre, juste à la frontière. Toujours un peu au bord de l'implosion…

Alors maintenant tu rêves. Tu t'évades, tu t'échappes dans ce monde si paisible où tout te semble réalisable. Les barrières se brisent, les convenances implosent. Tu imagines ton désir, excité par l'appel de la fuite. Ton désir, acculé par l'abomination du monde et son hypocrisie toujours plus opportuniste. Oppressé par les obligations du savoir-vivre, il prend le large sans cesse plus pour une destination lointaine où l'horizon n'a pas de fin… Tu manies ton désir selon ta fantaisie comme les notes de musique qui fleurissent et s'épanouissent sur une partition de moins en moins blanche. Là, submergée par la plénitude fugace de respirer, tu peux aller à ta guise. Imaginer tous les possibles. C'est doux et chaleureux. Tes douleurs s'apaisent un peu, elles sont plus ténues, comme à l'abri dans une grotte. Tu en viens même à les oublier. Là entre deux tempêtes durant cette brève accalmie tu parviens enfin à les laisser de côté. Le temps d'une seconde d'éternité, ton rêve n'a pas de fin. Il se transforme, tente de rejoindre, de faire semblant, de coller à la réalité. Heureusement son mirage t'accompagne toujours. Il t'habite encore.

Tu dois tout de même dire au revoir à cette magie, à ces moments inattendus mais si délicieux. Ils sont apparus en plus, comme un cadeau. Ils se sont déclarés simplement, naturellement. Ça coulait paisiblement, ça glissait. Belle avalanche. Ça filait vite, vite dans tes veines. Ça tournoyait comme si tu dansais. Hors du temps… Celui des contraintes, des devoirs, des emmerdes. Hors de cette pourriture nauséabonde du quotidien. Hors du paysage terne et plat. Hors de cette torpeur figée. Hors de l'obscurité aveuglante. Hors du sommeil paralysant. Tout est devenu relief. Plus vallonné, plus tortueux, plus palpitant. Tu dois dire au revoir à cette irréalité vivante, à ce temps où tout est autre, à ce temps où tout est atemporel… Temps de l'irruption, de l'inédit, du possible qui vient briser cette léthargie insomniaque. Temps de l'évasion où tout prend son envol par la délicate mais impétueuse petite brise qui chatouille tes tendres désirs captifs et se blottit contre ton cœur celé. Tu dois dire au revoir à ces instants furtifs mais éternels. Ils sont devenus souvenirs, appartiennent désormais au passé. Un passé si proche mais inaccessible. Tu as peur. Tout va reprendre. Le temps, le réel redeviennent les maîtres. Comment ? Comment continuer après ? Bientôt les souvenirs s'effondreront, s'évanouiront. Ils s'évaporent déjà. Tes sensations deviennent plus vagues, tes images plus floues. Tu cherches, tu essayes de fouiller, d'explorer tes abîmes secrètes, de revivre ce temps atemporel… Magie créé, magie perdue. Pourra-t-elle se transformer ?

Tu ne veux pas d'un conte de fée, d'une image sur papier glacé. Un rêve idéalisé. Les gens disent « *Tu es jeune, tu peux rêver. A ton âge je rêvais.* » Tu ne veux pas de ça, de ce temps révolu des lourds regrets. Tu ne fais pas du rêve un échappatoire, un exutoire, une soupape. Tu veux rêver ta vie avec violence, instinct, désir. Tiraillée, écartelée par des forces contraires. La force terrible de ton désir, s'abandonner à l'exaltation de le réaliser pleinement mais toujours la contrainte qui empêche, oblige, force castre. Toujours soumise à une incomplétude, condamnée à vivre sur le fil, tu cherches ton équilibre entre ces deux inséparables. Ça te saisit, t'oppresse, te serre la gorge. Ton désir te pousse, te freine, t'exalte, te paralyse. Il t'emporte dans des tréfonds sublimes. L'envie d'être, d'éclore tel un tournesol attiré par la lumière, nourri par le soleil. L'envi de sortir de cette torpeur paisible et sage, d'éveiller ton bonheur agaçant, perturbant, envahissant. L'envie de se révéler. Trop lourd, trop pesant, ton désir t'habite, t'obsède. Il te presse, te comprime, t'appelle toute entière. S'y plonger à corps perdu ? Aujourd'hui seule avec toi-même, tu te regardes dans le miroir, tu ne te reconnais pas. Ça glisse lentement le long de ta joue. Qu'est-ce que t'es devenue ? Une fille pleine à craquer d'espoirs, bourrée de désirs insensés ! Pourquoi toujours ce désir qui te tape le coeur sans cesse plus fort ? Pourquoi ça résonne aussi intensément dans tes veines ?

Tu ne veux pas passer à côté de ta vie. Tu as ce truc en toi. Grandeur de te conquérir, grandeur de ne pas être homme mais soi. Mais tu as peur de te tromper, trébucher. Tomber... Tu te tortilles sur le fil, prête à basculer à chaque pas. Le tic-tac te laisse sur place. Tu ne veux pas de leur réalité, elle te glace. Ta vie ressemble à un champ de bataille. Crise d'angoisse, peur panique, affolement incontrôlable. Tu as raté le coche ? Peur paralysante. Le temps ne t'attend pas. Peur de ton idéal écrasant, peur de te réveiller un matin et de voir que tu n'as pas osé. Peur de ton désir. Ce qu'il te demande, t'impose, t'exige. La route est longue. Le chemin inconnu, aléatoire hasardeux. Ça fige, paralyse, pétrifie. Ça dérape par légères secousses, dégringole d'un coup sans crier gare. Une fusée explose en plein ciel... Qu'est ce qui t'est arrivé ? Douce folie ? Folie hystérique ? Tu n'es plus la petite fille sur la photo. Innocente, insouciante, ignorante. Aujourd'hui il faut lutter pour exister. Trouver sa place. S'affirmer, s'autoriser, renoncer au passé. Oublier le réel illusoire. Ils t'ont menti, bernée. Retour du boomerang.

Les gens disent « *Tu es jeune, tu as toute la vie devant toi. Tu as le temps.* » Tu parles le temps de quoi ? Tu nais, tu grandis un peu. Beaucoup parce que tu t'aies prise une claque et alors là tu vois, tu sens que ça t'échappe. Tout fout le camp. Tu vois où tu es empêtrée dans tes marasmes et de l'autre coté de la rive, très loin à l'horizon, cela te parvient comme une étrange sensation. Tu vois ce qu'il te reste à parcourir et entre il y a ce trou, ce vide à investir, ce no mans land à construire. Oui la route sera longue avant d'être qui tu es. Avant de désactiver ce tic-tac incessant, avant de réparer la machine usée, cassée.

Les gens disent « *Tu as le temps.* » Mais tout cela n'est que chimère. C'est beau de croire qu'on a le temps. C'est l'innocence de l'enfant, celui qui s'amuse de tout avec si peu de chose, qui rêve éveillé. Oui mais voilà maintenant tu as muri, ou plus précisément tu as vieilli et tu sais que tout ce dézingue à toute allure, tu as des impératifs, tu dois choisir, trancher. Tu ne sens pas prête. Ça brûle à l'intérieur. « Tu es jeune. » Les gens disent

« *Tu as la vie devant toi.* » Mais non, c'est faux, archi faux ! Tu n'as jamais entendu un aussi gros mensonge, tellement difforme et monstrueux que tu sens sa pourriture. L'odeur est si nauséabonde que tu l'occultes. Et bientôt tu réussis à la terrer pour des années. Mais non tu n'as pas le temps, tu es jeune, mais tu n'as pas assez de temps. Ton passé te poursuit, ton futur se fait flou, ton avenir te fait peur, ton présent te laisse souvent sur place, il galope devant toi... Te nargue.

La réalité te rattrapera et finira par t'ensevelir définitivement. Tu verras leur regards qui te diront que tu n'as rien à faire ici, tu entendras leurs mots. Ceux qui te diront que tu es trop ça, pas assez ci, pas faite pour ça. Ils ne te prendront pas au sérieux. Parce que tu ne sais rien de la vie... Parce qu'ils te voient comme une chose pleine d'illusions. Tu n'as pas réalisé grand chose. Train train quotidien. Tu as vécu, un peu, et la plupart du temps, trop souvent, à côté de toi. Juste au bord. Une étrangère qui s'ignore.

Certains, beaucoup diront que tu es naïve et surtout idéaliste. « *Une vraie rêveuse celle-là ! Elle est gentille mais elle vit dans son monde, faudrait qu'elle redescende un peu !* » Non tu n'es pas une idéaliste éberluée ! Tu es fataliste devant leurs regards fatigués, creusés, vides. Abattue devant devant leurs visages devenus papier mâché. Mines dépitées où le désespoir se délecte gentiment. Mines cernées, marquées, décomposées dans un agrégat d'ennui et de lassitude. Visages devenus figures d'une absence… Tu es pessimiste devant leurs discours convenus, simplets, pompeux. Pétrifiée devant leurs années passées, qui les laissent croire qu'ils sont les plus légitimes pour te comprendre, te guider. Te dire ce qu'il est bien de faire, ce qu'il serait (ou le plus souvent) sera bien vu, bien interprété, bien noté.

Quand tu es jeune, tu crois que tout est possible ! Tu as envie que tout soit possible… Pas de limites à la folie salvatrice de tes ornières « *L'avenir vous appartient ! Vous avez la vie devant vous.* » Oui tu le penses, tu veux y croire alors tu fais des rêves même si tu sais que ce sera dur, souvent ingrat et parfois cruel. Tu ne peux t'empêcher d'idéaliser un peu, de rêvasser à quelque chose d'étrangement doux et peut-être même radieux ! On t'a dit de rêver ! Ton âme d'enfant se trouve décuplée. Discours enflammé ! Inconscience volontaire ! Soubresauts de ton petit coeur en panique ! Outrepasser le raisonnable ! Braver l'interdit parce que tu veux vivre à deux cent pour cent ! Fous rires ! Magie entre amis ! Soirées labyrinthiques ! Parce que ça semblait plein de promesses par curiosité tu avais toqué à la cour des grands, tu avais commencé à jouer aux adultes. Puis tu le deviens. Tu l'es. Sans trop savoir comment. Par convictions ? Par la force des choses ? Vient même le moment où ils exigent que tu te comportes en adulte. « T'es plus une gamine maintenant ! Sois responsable, assume tes choix. Il serait temps de grandir. » Eh oui le temps des bacs à sable est fini. Tu n'es plus tout à fait ce que tu as été. Parfois tu as du mal à lâcher la bouée, parfois tu ne demandes que ça. La fougue, l'élan vital de vivre. D'être… Bercée de rêves illusoires ? Envoûtée par la folie de vouloir y croire !

Tu as soif. Soif de te nourrir comme un ogre. Avide de mots, d'images qui tourbillonnent dans le coeur. Manège féerique. Es-tu une insouciante travaillée par les tracas de l'existence ? Une dilettante torturée par le réel illusoire ? Une protestataire devant leurs gentilles croyances ? Une réfractaire devant leurs crédules certitudes ? Tu ne sais pas. Tu n'es peut-être qu'une rêveuse enracinée dans une lumineuse et macabre lucidité…

Clouée sur ton siège les coudes sur la table. Les autres autour, silence studieux des neurones en pleine réflexion, bientôt en pleine ébullition. Tu en as pour six heures. Six heures assise à ta place, six heures de veines cogitations pour toi, six heures d'explorations incessantes pour les autres, six heures durant lesquelles tu es une intruse entre curiosité et légèreté. Une visiteuse enjouée, un maillon rebelle qui n'en fait qu'à sa tête. Touriste ? Lâcheuse ? Non tu es là ! Ton corps est là, tu fais acte de présence, tu joues le jeu, mais à contre-courant, dans la délectation de la clandestinité. Tu t'es mise sur le banc de touche et tu regardes les autres transpirer, suer, trimer. Certains ont l'air d'être dans la panade, encore endormis, un peu somnambules, vides, peut-être désespérés, ils attendent que le temps passe à toute allure ! D'autres boules Quies dans les oreilles, habités par le feu sacré de la connaissance, ou plutôt ici du bachotage, écrivent, écrivent la tête dans le guidon, les manettes poussées à fond. Ils ne cessent de gratter, tourner en boucle, rassembler, trier, classer leurs petites et grandes idées pour enfin faire advenir, émerger, accoucher une belle symphonie en trois actes, parfois maladroite, chancelante, bancale, creuse, parfois heureuse, harmonieuse, majestueuse.

Ça va être long ces six heures. Six heures de contrainte, six heures de comédie fallacieuse, six heures d'une torture d'ennui ? Peut-être. Six heures d'un enlisement profond dans un ailleurs libérateur, six heures d'échappées belles vers ton horizon sans fin.

Ah la première heure vient de s'achever ! Encore cinq heures clouée sur ton siège les coudes sur la table, ou désormais aussi, le dos plongé contre le siège. Face à nous, le personnage central, le dos collé contre le dossier de sa chaise, le corps un peu affaissé, les bras maintenant croisés, les yeux fermés, puis clos, il succombe quelques instants à l'irrésistible et morne fatigue qui semble l'étreindre. Il a d'abord résisté, lutté, cligné des yeux pour ne pas renoncer, basculer, flancher, pour ne pas se laisser partir, puis il a fini par céder. Mais bientôt il sort, s'extirpe de sa petite inflexion et stylo rouge à la main, il retourne à ses occupations qui le sauvent de cet endormissement piégeur. Parfois il lève la tête vers nous, regarde, surveille, inspecte les allées et venues, ou l'air un peu hagard, absorbé par une vague lassitude, il réfléchit peut-être.

Encore quatre heures clouée sur ton siège, tantôt les coudes sur la table, tantôt le dos plongé contre le siège. C'est étrange cette sensation. Tu n'es pas hors-jeu, mais tout simplement ailleurs. Quelqu'un à l'instant vient de partir. Copie blanche. Tu le guettais déjà depuis le début. Il est arrivé en retard les cheveux encore humides. Il n'a rien écrit. Il est resté là, l'air un peu somnambulique, vide, fatigué, ne voulait pas être là, se demandait pourquoi et en a eu marre. Ras-le-bol, il a foutu le camp ! Copie blanche. Ce n'est pas l'envie qui t'en manque, mais si tu le faisais, ce serait dramatique, un échec cuisant pour toi tu crois bien. Tu ne serais pas allée jusqu'au bout de ta représentation. Toute ta comédie tomberait, dégringolerait, s'évanouirait, s'aplatirait, comme un vieux château de cartes poussiéreux. Tous tes jolis efforts trompeurs n'auraient servi à rien. Alors non ! Tu vas quand même faire un truc. Pitoyable, minable, grotesque sans doute, mais un truc quand même. Histoire de, histoire d'avoir écrit, rendu un truc, même faux, absurde, inexacte.

Mais pour l'instant tu préfères rester encore un peu avec nous. Qui peut t'interdire de laisser voguer ta pensée à travers les rivages de l'évasion ? Tu sais, il arrivera un temps, il arrivera l'heure, où presque au pied du mur, tu seras obligée de te contraindre, te forcer, te discipliner avec alors pour moteur la peur du cadran qui file et défile… Mais plus ça passe et plus tu te sens t'éloigner profondément d'eux.

Allez encore un peu moins de trois heures clouée sur ton siège, tantôt les coudes sur la table, tantôt le dos plongé contre le siège. Le jour est complètement levé maintenant. Tu aimes cette matinée où les rayons du soleil illuminent la façade des immeubles que tu aperçois à travers les fenêtres. Ça devient doucement cauchemardesque. Le doux enfer irritant pointe le bout de son nez. Tu te demandes vraiment ce que tu fais là. Pourquoi continuer ? Vite vite ! Que l'on vienne te délivrer de cette mascarade, de ce piège qui se referme délicatement sur toi, de ce silence entrecoupé des bruissements, des pliages de feuilles, du son sec du stylo sur le papier, de l'effaceur qui enlève gomme, supprime et rectifie la maladresse, la faute, l'erreur.

Encore deux heures clouée sur ton siège, tantôt les coudes sur la table, tantôt le dos plongé contre le siège. Devant toi le portrait encadré de Marcel Proust trône au mur. Idéal à conquérir ? Défi provocateur lancé à nos chers étudiants qui composent ? Miroir de ce que l'on ne sera jamais ? Apparition du génie talentueux et torturé face aux fourmis laborieuses. Là c'est même plus infernal, c'est juste incroyablement chiant. Tu en as marre, bientôt vraiment ras-le-bol ! Bon là tu penses que le temps, le moment, l'heure est arrivée. Tu nous quittes et tu essayes un truc bizarre. C'est dur de partir loin de nous.

C'est irrésistible, incontrôlable, inexorable. Tu t'engouffres avec insouciance, nonchalance, indépendance dans le sens contraire de leur marche. Ils te sont étrangers maintenant. Tu les regardes un peu comme des énergumènes. Curieux spécimens. Ce n'est plus une torture infernale.- Tu t'es tellement détachée. Tu es en chute libre. Ton corps vogue, flotte, plane dans les airs. Il s'abandonne au vent qui virevolte sur ta peau, aiguise tes sens qui frémissent, s'émoustillent, papillonnent avec les gouttes chatouilleuses de la cascade et qui scintillent avec les doux rayons du soleil. Résurgence de la chaleur d'une tendre caresse. Tu te réveilles bercée par les flots de la musique de l'air. Tu es une évadée, encore attachée, clouée, vissée à leur cage en lianes de fer, en barreaux de pâte à modeler.

Tu regardes le chemin incertain mais passionnant, trouble mais excitant que tu creuses de tes mains. Tu penses à l'après. Faire advenir ton ailleurs... Dans l'imperturbable attente rêveuse, dans l'empreinte du désir ardent, t'envoler dans la fusée de l'étoile filante, casser la monotonie de la machine automatique. Mais tu n'avais pas imaginé la fin du tumulte. Maintenant ça se précise, se profile. Le croquis préparatoire, un peu flou, le brouillon, noyé dans un méli-mélo un peu chaotique, laissent désormais place à l'esquisse finale où les traits à l'encre de chine commencent à se dessiner. Tu t'es habituée, installée, embourbée dans la routine de la vague écrasante. Tu as fini par trouver ta vitesse de croisière. Un peu étrange, un peu à contretemps, à contre-courant. Tu t'es habituée à ta douleur. Depuis ta haute montagne, tu regardes à travers la fenêtre, tu n'es plus tout à fait avec eux. Ça va enfin se finir, même si le lendemain t'effraie.

Alors tu as dit stop. Tu as fait entendre ta « voie ». Tu leur as enfin tenu tête. Pour la première fois, devant eux, tu étais toi. Tu es encore sous le choc, tu n'arrives pas à réaliser que tu leur as tout déballé d'une traite. D'un ton déterminé, d'une voix ferme, tu as dégainé la grenade, la torpille a atterri comme une bombe ! Tu as osé, tu as réussi à leur dire, leur avouer ton enfer. Ce poids devenu si torturant.

Tu as l'impression, la sensation d'avoir agi comme une adulte. « Adulte » ça signifie quoi ? Responsabilité, maturité, autonomie? Indépendance… D'esprit ? Financière ? Non non non ! Adulte, tu assumes ta parole, tu assumes qui tu es, tu te dévoiles à toi-même, tu te déclares à eux. Tu oses enfin t'autoriser. Soulagée, délivrée ? Oui tu te sens exister. Tu as dit tout haut tes désirs les plus intimes, les plus fous. Eux abattus, résignés estomaqués, effondrés, apeurés, effrayés. Pas de cris à tue-tête, pas de hurlements incantatoires avec leurs traditionnelles tournures hyperboliques.

« Tu commets une énorme erreur. » Tentative de culpabilisation. *« Non seulement tu bousilles ta vie mais tu bousilles aussi la nôtre. »* Inconscience raisonnée ? Folie contrôlée ? Libérée ? Oui mais aussi pétrifiée, tétanisée de peur. Trouille gargantuesque. Chute dans le vide. Déterminée et désorientée. Heureuse et anxieuse.

La vie te joue de drôles de tours. Tu prévois quelque chose, tu l'imagines, le désires. Tu te prépares pour que tout se déroule bien. Arriver au bon moment, saisir cette opportunité, être là dans l'instant et vlan ! Il en va tout autrement. Hasard de la vie ? Destin tracé ? Rencontre manquée, loupée, ratée. Quelques minutes avant, quelques minutes après, cela aurait tout autre. Et maintenant la belle image que tu avais échafaudé s'évapore comme la fumée d'artifice. La vie te prend à revers ! D'autres choses étranges, inattendues, surprenantes surgissent. Un boulet de canon qui t'arrive en pleine face, une enclume qui t'assomme, une épave qui pourrie. Et parfois une pétale de rose qui t'inonde le coeur. Parfum acidulé qui pétille le long de ta peau, mélodie qui frétille dans tes yeux. Ces rencontres qui t'achèvent et te conquièrent, te saisissent, t'enlacent dans le dos et… te laissent un peu sur place.

La parenthèse enchantée du voyage… Dire au revoir

Tu sens que ça t'échappe, ça court, ça file. A cette vitesse, tu ne peux rien faire, tu es collée au train, tu es prise par le courant, la vague t'emporte, la fin se profile, elle se dessine lentement mais distinctement. Cette belle parenthèse dans ta vie, cet arc-en-ciel au milieu de la tempête, cette merveilleuse échappée dans le paysage africain. La page se ferme et tu es triste. Triste de voir « les choses » pour la dernière fois. Tu voudrais tout emporter, tout garder en toi. Mais ta mémoire fera elle-même le tri et décidera de conserver ou d'oublier. Triste de sentir les derniers moments. Maintenant tout a un goût plus solennel et grave. Tout se fait plus lourd et pesant.

Tu penses à demain, au retour, à après, à l'après, la nostalgie. Un petit spleen te titillera, te chatouillera, te grattera, te dérangera, te démangera, te rongera. Mais il pointe déjà le bout de son nez. Une espèce de nuage gris s'est installé en toi. Bientôt il gonflera jusqu'à la limite d'éclater et de déverser d'énormes grosses gouttes. Il sera toujours de plus en plus menaçant mais il ne cédera pas sous le poids. A la colère il préfère l'immobilisme mélancolique, à la tempête furieuse il préfère le vent glacial du matin. Tu as l'impression d'être un bloc de pierre, tout ton corps est marbre. Tu traines ce vague à l'âme qui s'est incrusté et agrippé à toi comme une sangsue. Il te pèse. La belle escapade est terminée. Etrangement tu es aussi soulagée qu'il en soit ainsi car tu sais aussi que la fin est nécessaire. Tu as voyagé, découvert, exploré, ressenti tellement durant ces quelques jours que si cela se prolongeait encore un peu, tu crois que la fatigue du voyage et les habitudes que vous avez prises se seraient peut-être transformées en lassitude idiote. Celle des voyageurs stupides qui après s'être émerveillés devant une curiosité ou une découverte splendide sont blasés, déçus, las lorsqu'ils la revoient une ou deux fois. Ils ne regardent plus avec les yeux d'enfants candides mais avec ceux d'adultes exigeants et critiques. Tout a été intense. Tu étais arrivée à un point de bascule où tu aurais pu, où tu risquais de perdre cette frénésie si envoutante et enivrante. Triste parce qu'encore immergée dans ce mouvement frénétique, parce qu'encore attachée, parce que tout ton être est habité par ces images, par ce parfum. Triste de penser que bientôt cette émotion si particulière que tu ressens maintenant, mélange d'émerveillement jouissif et de vague à l'âme, s'estompera peu à peu puis s'effacera presque totalement. Il en restera peut-être une ombre ou un songe.

Avec des fourmillements dans le corps, la poitrine pressée, compressée, la peur du vertige qui câline ton coeur, tu arrives au sommet de la dune. Autour de toi le silence, plein de résonances apaisantes. Tu contemples le calme du paysage. L'horizon vibre de son chant explosif et doux. Tu es envahie par ce silence mélodieux, bouche bée par ce spectacle saisissant. Cette plénitude de l'horizon qui t'environne, ce plein et ce vide. Tu as l'envie subite de crier, hurler ton nom, clamer ta soif de vivre ! Exister dans cette harmonie vivifiante. Tu n'essayes plus de donner un sens à la vie mais tu veux donner du sens à ta vie. C'est peut-être ça apprendre à vivre. Aimer son désir et la peur de son désir. Poursuivre la quête vers l'horizon sans fin… Le ciel est baigné d'orange éclatant. La petite boule décline au fur et à mesure derrière les dunes. La vue est majestueuse. Tu es envoutée par le charme du sublime. La boule t'invite dans un tête-à-tête troublant. Bercée, irradiée, inondée par la lumière enveloppante de ce roi étincelant. Il t'emporte avec toi. Doux horizon évocateur.

Mais parfois quand tu penses à elle, une indicible angoisse te saisit à la gorge. Elle t'étreint avec frayeur, te glace, te paralyse, te pétrifie avec sa force implacable, te répugne, te révulse, te révolte. Tu veux dire stop. Stop à cette horrible vision. Détruire l'insoutenable. Image qui t'est apparue dans toute sa simplicité foudroyante. Grains de poussière balayés, poussés, chassés par l'air. Il ne reste rien. Silence de l'éternité. Tu penses à ceux d'après, après, et encore après… Toi petite miette disparue, évaporée, décomposée. Ton passage est achevé, clos, glacé, gelé.

Dites-lui qu'elle est condamnée. Dites-lui qu'elle va mourir un jour. Ne lui mentez pas ! Ne la trahissez pas avec vos horribles mensonges protecteurs tous puants ! Mais dites-lui qu'entre-temps elle est là. Dites-lui qu'elle doit vivre, aimer la vie. Profiter, jouir pour se préparer à partir. Dites-lui qu'elle doit se battre pour exister, lutter pour s'affirmer, bagarrer pour être. Dites-lui qu'elle ne fera que passer un temps puis disparaitra, s'évanouira dans l'oubli du silence éternel. Dites-lui de plonger dans la vie. Dites-lui qu'aimer est la plus belle chose, qu'elle n'ait pas peur d'entendre son coeur battre, vibrer, raisonner. Elle sera déçue par eux, dégoutée par ce qu'ils ont fait de la vie. Elle aura horriblement m al, sera seule avec ses peurs. Mais dites-lui qu'elle doit essayer. Croire en la vie. Dites-lui que tant qu'elle sera là, elle devra toujours être animée par le désir d'exister. Dites-lui avant que l'espoir ne la quitte complètement. Dites lui avant qu'elle ne fasse l'irréparable bêtise. Dites-lui qu'elle est là pour habiter sa vie. Se réaliser avec passion. Allez lui dire maintenant !

Printed by Books on Demand GmbH, Norderstedt / Germany